SAN JOSE PUBI
D0000176

Hen y Mudge

El primer libro de sus aventuras

por Cynthia Rylant
dibujos por Suçie Stevenson
traducido por Alma Flor Ada

Listos-para-leer/Libros Colibrí

Aladdin Paperbacks

Para Nate y su perro —C. R.
Para Grandma Biffy —S. S.

First Aladdin Paperbacks/Libros Colibrí Edition, 1996

Text copyright © 1987 by Cynthia Rylant
Illustrations copyright © 1987 by Suçie Stevenson
Spanish translation copyright © 1996 by Simon & Schuster Children's Publishing
Division

Aladdin Paperbacks
An imprint of Simon & Schuster Children's Publishing Division
1230 Avenue of the Americas
New York, New York 10020

All rights reserved including the right of reproduction in whole or in part in any form.

READY-TO-READ is a registered trademark, and
LISTOS-PARA-LEER is a trademark of Simon & Schuster, Inc.
Also available in an English language edition.

Designed by Ethan Trask
The text of this book is set in Goudy.
The illustrations are rendered in watercolor.

Printed and bound in the United States of America 0515 LAK
10 9 8 7 6 5 4 3

Library of Congress Cataloging-in-Publication Data
Rylant, Cynthia.
Henry y Mudge: el primer libro de sus aventuras / por Cynthia Rylant; dibujos por
Suçie Stevenson; traducido por Alma Flor Ada.—1st ed.
p.   cm.
Summary: Henry, feeling lonely on a street without any other children, finds compan-
ionship and love in a big dog named Mudge.
978-0-689-80684-1
[1. Dogs—Fiction. 2. Spanish language materials.]
I. Stevenson, Suçie, ill. II. Ada, Alma Flor. III. Title.
PZ73.R94   1995
[E]—dc20   95–36439
CIP   AC

Contenido

Henry

Henry no tenía hermanos

ni hermanas.

—Quiero un hermano —les dijo

a sus padres.

—Lo sentimos mucho —le dijeron ellos.

Henry no tenía amigos

en su calle.

—Quiero vivir en otra calle —les dijo

a sus padres.

—Lo sentimos mucho —le dijeron ellos.

Henry no tenía animalitos

en casa.

—Quiero un perro —les dijo

a sus padres.

—Lo sentimos mucho —ellos *casi* le

dijeron.

Pero primero miraron

su casa

sin hermanos ni hermanas.

Luego miraron

su calle

sin niños.

Y luego le miraron

la cara a Henry.

Luego se miraron el uno al otro.

—Muy bien —dijeron.

—¡Quiero abrazarlos! —les dijo
Henry a sus padres.

Y así lo hizo.

Mudge

Henry empezó a buscar un perro.

—No puede ser un perro cualquiera

—dijo Henry.

—No puede ser muy pequeño —dijo.

—No puede tener el pelo rizado —dijo.

—Y no puede tener orejas puntiagudas.

Entonces encontró a Mudge.

Mudge tenía las orejas caídas,

no puntiagudas.

Y Mudge tenía el pelo lacio,

no crespo.

Pero Mudge era pequeño.

—Es porque es un cachorro

—dijo Henry—. Crecerá.

¡Y cómo creció!

Creció hasta que no cabía en su jaula

de cachorro.

Creció hasta que no cabía en su jaula

de perro.

Creció hasta que no le venían bien

siete collares

cada vez más grandes.

Y cuando por fin

terminó de crecer…

pesaba ciento ochenta libras,

tenía tres pies de alto

y babeaba.

—Me alegro de que no seas pequeño

—dijo Henry.

Y Mudge lo lamió

y luego se sentó sobre él.

Henry

Henry acostumbraba caminar

solo a la escuela.

Mientras caminaba

se preocupaba por

tornados,

fantasmas,

perros que muerden

y chicos que pudieran pelear con él.

Caminaba tan rápido

como podía.

Miraba de frente.

Nunca miraba hacia atrás.

Pero ahora caminaba a la escuela

con Mudge.

Y ahora, mientras caminaba,

pensaba

en helados de vainilla,

la lluvia,

piedras

y buenos sueños.

Caminaba a la escuela,

pero no muy rápido.

Caminaba a la escuela

y a veces hasta caminaba de espaldas.

Caminaba a la escuela

y acariciaba la cabezota de Mudge,

feliz.

Mudge

A Mudge le encantaba

el cuarto de Henry.

Le encantaban los calcetines sucios.

Le encantaba el oso de peluche.

Le encantaba la pecera.

Pero sobre todo le encantaba

la cama de Henry.

Porque en la cama de Henry

estaba Henry.

A Mudge le encantaba meterse

en la cama con Henry.

Luego le encantaba

olerlo.

Le husmeaba el pelo color limón.

Le husmeaba la boca llena de leche.

Le husmeaba las orejas llenas de jabón.

Le husmeaba los dedos llenos de

chocolate.

Luego ponía la cabeza

junto a la de Henry.

Miraba la pecera.

Miraba al oso.

Miraba a Henry.

Lo lamía.

Y se quedaba dormido.

Mudge

Un día Mudge se fue de paseo

sin Henry.

El sol brillaba,

los pájaros volaban,

la hierba tenía un olor dulce.

Mudge no podía esperar a Henry.

Y se fue.

Se fue por un camino,

olisqueando los arbustos,

luego por otro camino,

levantando polvo.

Se fue por un campo,

cruzó un arroyo,

y caminó entre los pinos.

Y cuando salió

al otro lado,

estaba perdido.

No podía oler a Henry.

No podía oler

el portal de la casa.

No podía oler

la calle en que vivía.

Mudge miró a su alrededor

y no vio nada

ni a nadie

conocidos.

Gimoteó un poquito,

solo sin Henry.

Luego se acostó,

solo sin Henry.

Extrañaba la cama de Henry.

Henry

Henry pensaba que Mudge

siempre estaría a su lado.

Pensaba que Mudge

le daba seguridad.

Pensaba que Mudge

nunca se iría.

Y cuando Mudge se fue,

cuando Henry lo llamó y lo llamó

pero Mudge no volvió,

a Henry le dolió el corazón

y lloró por una hora.

Pero cuando había llorado lo suficiente,

Henry dijo: —Mudge me quiere.

No se iría.

Debe estar perdido.

Así que Henry caminó y caminó,

llamó y llamó

y buscó y buscó

a su perro Mudge.

Caminó por un camino,

y luego por otro.

El sol brillaba mientras Henry

corría por el campo,

30 llamando y llamando.

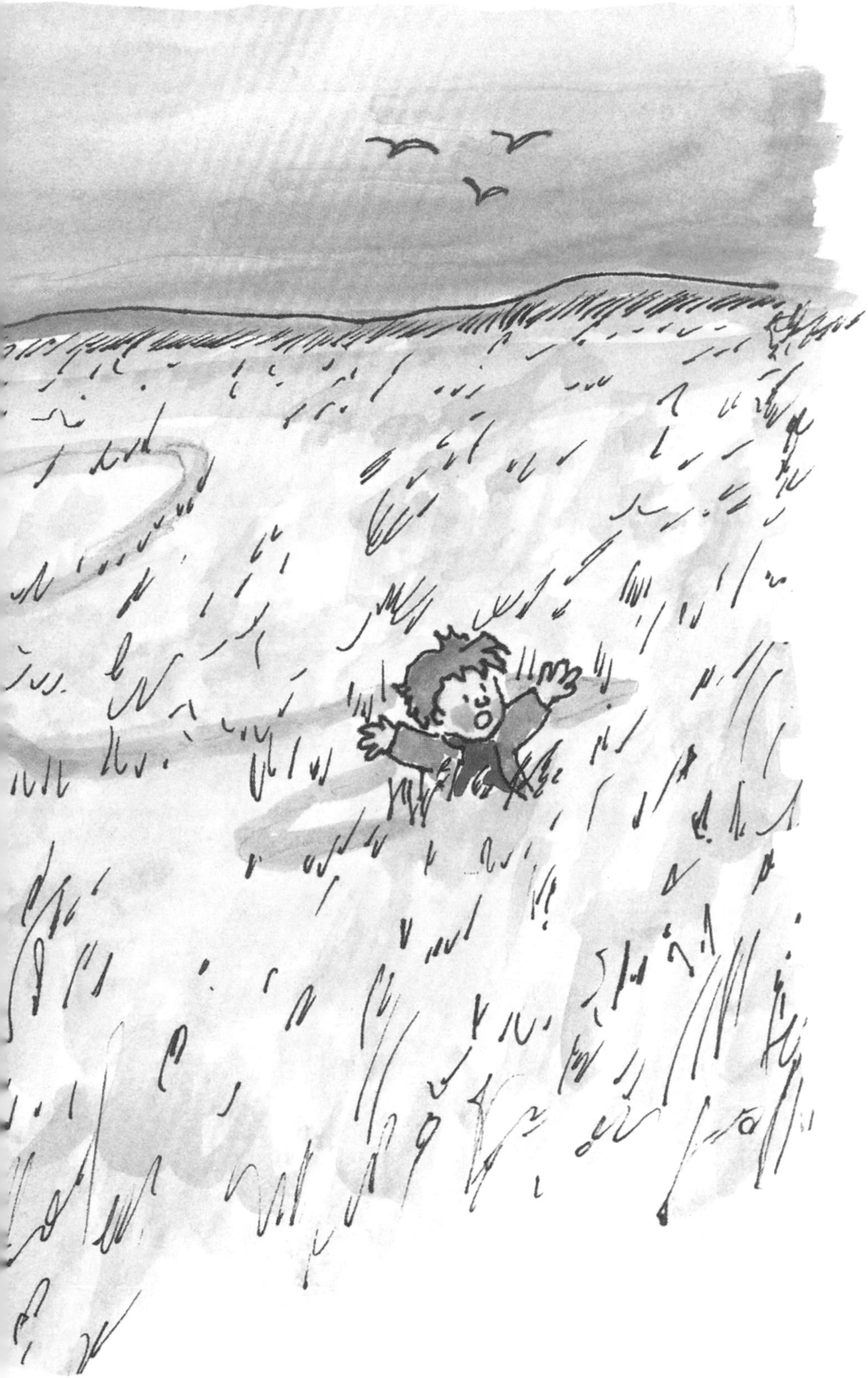

Los pájaros pasaron volando mientras
él se detenía junto a un arroyo,
llamando y llamando.

Y le volvían a salir lágrimas

mientras buscaba en el vacío

entre los pinos

a su perro perdido.

—¡*Mudge!* —llamó, por última vez.

Y Mudge se despertó

de su sueño solitario

y

vino

corriendo.

Henry
y
Mudge

Cada mañana, al despertarse,

Henry veía la cabezota de Mudge.

Y cada día, al despertarse,

Mudge veía

la carita de Henry.

Desayunaban

al mismo tiempo,

almorzaban

al mismo tiempo.

Y cuando Henry estaba en la escuela,

Mudge se echaba

y lo esperaba.

Mudge nunca más se fue de paseo

sin Henry.

Y Henry nunca volvió a preocuparse

de que Mudge pudiera irse.

Porque a veces, en sus sueños,

veían caminos largos y silenciosos,

grandes campos abiertos,

arroyos hondos

y pinos.

En esos sueños,

Mudge estaba solo

y Henry estaba solo.

Así que cuando Mudge se despertaba

y sabía que Henry estaba a su lado,

se acordaba del sueño

y se acercaba aún más.

Y cuando Henry se despertaba

y sabía que Mudge estaba a su lado,

recordaba el sueño

y la búsqueda

y las llamadas

y el temor

y sabía

que nunca más perdería a Mudge.